W0303720

Georg
Bitter
Verlag

Janosch

Kleiner Mann in der Zigarilloschachtel

und andere Geschichten

Mit vielen Bildern
von Janosch selbst

Georg Bitter Verlag

3. Auflage
1. Auflage in Druckschrift

© 1976 Georg Bitter Verlag KG, Recklinghausen
Alle Rechte vorbehalten
Einbandentwurf: Janosch
Schrift: Helvetica
Lithographien: Vontobel-Druck AG, Feldmeilen/Schweiz
Gesamtherstellung: Ebner Ulm

ISBN 3 7903 0335 6

Die Tarnkappe

Lukas Kümmel ... stand im Klassenbuch der Klasse 2 a der Johannes-Spektakel Schule für Knaben. Lukas Kümmel: linke Bankreihe an der Wand, dritte Bank rechts von hinten. Lukas Kümmel, vorläufig noch zweitdümmster Schüler, wurde unter Freunden und bei den Bahnsteig-Indianern kurz nur „Kümmel-Luki“ genannt. Sein für später und freiwillig gewählter Beruf: Zauberkünstler oder Indianerhäuptling. Zauberkünstler! Das war nämlich so: Es gab sieben Dinge, die den Kümmel-Luki am meisten interessierten auf der Welt. Zauberei, Geheimnisse, verborgene Schatzkisten, Pantoffeln, in denen die Gans goldene Eier versteckt hat, unterirdische Gänge, kriminale und geheime Schriften, die niemand lesen kann, und Gegenstände, die von allein durch die Luft fliegen. Zum Beispiel Tische, Stühle, Klaviere oder Trompeten. Seit er ein bißchen lesen konnte, war er diesen Dingen immer auf der Spur. Er las alles, was er finden konnte, am liebsten Bücher mit gelben Seiten und verblaß-

Klasse
2a

ten Buchstaben, denn Geheimnisbücher sehen immer so aus. Na gut, er konnte nicht so schnell lesen wie vielleicht ein Lehrer oder Doktor, aber mit dem Finger unter der Zeile entlang, immer ein Wort nach dem anderen, so ging es gut. Oder Indianerhäuptling. Weil er tapfer sein wollte. Weil er ihnen allen hier im Dorf zeigen wollte, wer hier der Stärkste war. Wenn er so auf seinem wilden Mustang mit großem Federschmuck durch die Straßen ritt!
Einmal passierte so eine Geschichte. Aber mit einer

Tarnkappe. Er fand in einer Schublade ein Buch, in dem standen Märchen. Und eines davon ging so: Ein altes, dickes Freßkrokodil hatte in einem silbernenen Bergschloß eine Prinzessin gestohlen und an den großen Fluß entführt. Dort fütterte es die schöne Jungfrau mit auserlesenen Speisen und mit Zuckerguß. Es wollte sie zu seinem vierhundertsiebenunddreißigsten Geburtstag mit Schokoladensoße verspeisen. Aber es kam anders. Ein tapferer Prinz ritt des Wegs und wollte die Prinzessin befreien. Doch leider war er

zu schwach, um es mit dem Freßkrokodil aufnehmen zu können. Da sah er einen Wichtelmann, der saß mit seinem Bart in einer Erdspalte fest. Der Prinz befreite ihn. Der Wichtel lieh ihm seine Tarnkappe, und dann ging alles wie am Schnürchen. Der junge Prinz befreite die schöne Prinzessin, tötete das Freßkrokodil, und die beiden ritten nach Hause auf ihr Schloß und lebten glücklich miteinander.
Lukas fand die Geschichte ziemlich blöd und kindisch. Eine Medizinmann- oder Indianergeschichte wäre schöner

gewesen. Aber die Tarnkappe ging ihm nicht mehr aus dem Kopf. Unruhig schlich er durch das Haus, zog alle Schubladen auf; hauptsächlich die untersten zog er ganz heraus, denn darunter, in den Ecken, sind manchmal Zaubergegenstände versteckt, die dort seit mehreren hundert Jahren liegen. Trotz größter Furcht ging er auch in den Keller und guckte hinter die Kartoffelkiste. Dann ging er auf den Speicher – und da geschah es! Der Kümmel-Luki fand einen unheimlichen Hut. Schon gleich als er ihn in die Hand nahm, spürte er in sich ein komisches Gefühl, ganz so, als wäre er dabei, unsichtbar zu werden. Der Hut hatte zwei Luftlöcher und eine bläuliche Feder, wie sie von Lehmzwergen (das sind die unterirdischen Zaubermeister) zum Pfeifeputzen, Nasekitzeln und Einpflanzen von Grashalmen benutzt werden. Wenn das keine Tarnkappe war, dann konnte auch aus einem Specht kein Hund werden! Jetzt wollte der Luki gleich morgen ihnen allen zeigen, wer er überhaupt war. Er würde im Notizbuch von

Lehrer Bohnemann seine Fünfen ausradieren. Dann würde er sich selbst mit der Handschrift des Lehrers Bohnemann hinter seinen Namen eine fette Eins eintragen und ... und ... also, ich könnte stundenlang erzählen, was er alles mit seiner Tarnkappe machen wollte. Und überhaupt könnte er sie auch für später gut gebrauchen, denn sie gehört zum Zubehör eines jeden Zauberkünstlers. Vorläufig ging der Kümmel-Luki erst einmal leise durch die Hintertür in den Hof, dann durch das Tor und links hinaus in Richtung

Bahnhof. Auf dem Kopf hatte er die Tarnkappe. Zuerst kam ein größerer Straßenköter vorbei – kam näher – ging weiter und drehte sich nicht um. Das beweist, daß Kümmel-Luki unsichtbar war. Dann kam der Briefträger, Herr Tümmel. Ging vorbei und grüßte nicht. Jetzt war er todsicher. Er hatte eine Tarnkappe auf!

Er ging in aller Eile weiter in Richtung Bahnhof, zum Kolonialwarenladen des Herrn Hanussek. Mit dem Sohn des Herrn Hanussek, nämlich dem Bimmel Hanussek, hatte er noch eine alte Rechnung zu begleichen. Der war sein Todfeind, weil er erstens viel stärker war als der Kümmel-Lukas, zweitens, weil er vorläufig noch Häuptling der Bahnsteig-Indianer war, und drittens, weil er immer „Affenkopp“ zu Luki sagte. Nun würde der Bimmel schon sehen, wen er vor sich hatte. Auf der Schaufensterscheib

stand mit weißer Farbe:
Heringe 1,70 DM, Erbsen 0,32 DM
Apfelsinen 0,45 DM ... Solange der Vorrat reicht!
Mit einem einzigen Ärmelwischer fegte der Kümmel-Luki das alles weg. Dann schrieb er mit Ölkreide (damit es nie wieder abginge und jeder es lesen konnte) ganz groß auf die Scheibe:
Der Bimmel Hanussek ist ein feiner Pinkel. Für einen Indianer ist das eine Beleidigung auf Leben und Tod. Darauf steht der Marterpfahl. Da ging die Tür auf, und der Bimmel kam heraus. Kümmel-

Luki stand breitbeinig und stark vor der Scheibe. Vielleicht würde er dem Bimmel auch noch unsichtbar eine hauen. Der Bimmel guckte die Scheibe an, las ganz langsam, wurde rot im Gesicht vor Zorn, guckte dann in die Gegend, wo der Luki stand und glaubte, unsichtbar zu sein, und brüllte wie ein feindlicher

Sioux: „Hast du das geschrieben, du Affenkopp?!“ Dem Luki war das Herz noch nie so tief in die Halbschuh gefallen wie jetzt. Er rannte um sein Leben und der Bimmel hinter ihm her. Bei den Bahngleisen machte der Hanussek kehrt, rief ihm aber noch nach: „Morgen in der Schule erwisch’ ich dich. Dann lösch’ ich dich aus wie eine Karbidfunzel!“
Für den Kümmel-Luki waren Tarnkappen vorläufig erledigt. Wenn man sich nicht einmal auf die verlassen konnte.

Das Zauberkunststück

Aber ein echtes Zauberkunststück konnte der Lukas Kümmel wirklich und ganz richtig. Ehrlich! Einmal nämlich stand er einem wahren Zauberkünstler gegenüber, so richtig gegenüber, wie man vielleicht dem Lehrer gegenübersteht oder der Oma oder dem Bantel Grimm aus der dritten Klasse. Das kam so:

Die Kümmels waren gerade nicht zu Hause, als der Großvater vorbeikam. Der warf einen Zettel in den Brief-

kasten: Morgen ist Jahrmarkt in Wimmelsfehn. Da fahren wir mit dem Rad hin. Gruß Opa.
Er meinte sich selbst und den Lukas. Drei Viertelstunden Weg, ohne Limonadenpause. Der Kümmel-Luki lief noch am selben Tag zur Weinmüllergasse, wo der Opa mit der Oma wohnte, und verabredete eine Zeit für die Abfahrt morgen.
Die ganze Nacht konnte er nicht schlafen, klar! Weil es nämlich auf Jahrmärkten, Rummelplätzen und im Wanderzirkus echte

Zauberkünstler gibt, das weiß doch jedes Kind! Zwei Stunden vor Schulbeginn stand er auf und polierte das Fahrrad auf Hochglanz. Öl auf die Kette, den Sattel richtig eingestellt und jede Speiche einzeln mit Chromputz geschniegelt. In der Schule eine Sechs in Rechnen und eine Rüge wegen Unaufmerksamkeit, und dann Schulabschluß! Im Dauerlauf nach Hause, schnell zwei Kartoffeln verputzt, aufs Rad geschwungen und ab in die Weinmüllergasse zu Opa und Oma.

Der Opa hatte schon seinen Sonntagsanzug an, mit Hosenklammern, damit die Hose nicht in die Fahrradkette geriete. Die Oma kam mit einem großen Eßpaket und klemmte es hinten auf Lukas' Gepäckträger fest. Dann ging es ab mit achtzig! – Nein, nicht mit achtzig, denn der Opa konnte nicht so schnell. Wie gesagt, drei Viertelstunden bis in die Stadt, ohne Limonadenpause. Keine Minute mehr, keine weniger. Was soll man noch viel über den Rummelplatz reden. Da waren Glücksräder, wo man

Gummiaffen gewinnen konnte oder Likörpralinen. Oder da war in einer Bude eine künstliche Frau zum Aufziehen – fünfzig Pfennig Eintritt! Und dann noch der Vogeljakob mit den Zwitscherpfeifen. Das war alles so langweilig. Für Lukas Kümmel war das kalter Kaffee. Aber hinten am Ende des Platzes, in der äußersten Ecke, gleich bei den Kastanien und genau da, wo kaum noch jemand hinkommt, wo jeder schon denkt, da wäre nichts mehr – haargenau da war die größte Attraktion: eine rote Bude mit orangefarbener Schrift darauf, groß und deutlich:

Zackdizimbori, Zauberkünstler
Feine Kunststücke freihändig
und ehrlich gezaubert.
Eintritt nur fünfzig Pfennig.

Was soll ich noch lange reden: Lukas Kümmel strebte zu dieser Bude wie ein Tiger in der Wüste zur Wassertränke und blieb davor stehen. Er wollte alle Vorstellungen sehen, bitte! Alle! Dafür würde er die ganze Woche auch nichts mehr essen wollen, sagte er dem Großvater. Denn eines Tages würde er doch selbst ein Kollege des Herrn Zackdizimbori werden. Also gut. Der Opa ging mit ihm in drei Vorstellungen. „Aufgepaßt, meine Herren und Damen", rief der Herr Zackdizimbori. „Aufgepaßt!" Er streifte sich die Ärmel hoch. „Was sie hier sehen, ist alles Hexerei. Ist kein falscher Mumpitz, ist alles echt, wahr und keine der vielfach üblichen Jahrmarktvorstellungen. Keine doppelten Ärmel, wenn sich die Herrschaften überzeugen wollen . . ." Dann bat er einen aus dem verehrlichen Publikum nach oben und zeigte die Ärmel vor. In der ersten

Vorstellung traute sich der Kümmel-Luki noch nicht, aber in der zweiten, da ging er hinauf und berührte den Ärmel. Und es stimmte: keine doppelten Ärmel. „Kein Mantel mit falschen Innentaschen oder aufgeschlitztem Futter, worin lebendige Mäuse versteckt sein könnten", rief Herr Zackdizimbori. „Keine Schuhe mit doppelten Sohlen, und der Hut einwandfrei von beiden Seiten. Hier bitte!" Er reichte seinen Hut hinunter, und wieder war es der Kümmel-Luki, der ihn am gründlich-

sten untersuchte. Man spürte das Zauberkitzeln in den Fingern. „Und jetzt, bitte, habe ich sechs lebendige Ameisen in der Hand. Hier!"
Er hob die Hand zum Publikum. Es stimmte. „Herrschaften, da wären noch Grizzlybären und Riesenelefanten, die ich Ihnen herzaubern könnte. Tiger und Nashörner. Aber Sie verstehen: zu wenig Platz in der Bude." Und dann, in der dritten Vorstellung war es soweit. Herr Zackdizimbori erkannte den Kümmel-Lukas und grüßte ihn mit dem Kopf. Er bat ihn herauf

auf die Bühne, begrüßte ihn mit Handschlag, und Lukas Kümmel sagte, daß er selbst auch Zauberkünstler sei. Jetzt noch kein richtiger, aber später. „Dann, Freund“, sagte Herr Zackdizimbori, „werde ich dich jetzt ein höchst schwieriges Kunststück lehren. Darf ich bitten!“ Er nahm seinen Zauberhut ab und legte ihn auf einen Stuhl. Nun bat er Opa Kümmel, seinen Hut (leihweise, versteht sich) hier auf den anderen Stuhl legen zu wollen. „Danke. So, und jetzt nehme ich dieses rote Tuch.“ Lukas Kümmel durfte es in die Hand nehmen. Das erste Mal, daß er ein Zaubertuch fühlte. Herr Zackdizimbori legte es vorsichtig unter den einen Hut. Er sprach eine Zauberformel (ich weiß nicht genau welche, denn ich bin ja kein Zaubermeister, aber sie war lang), bewegte seine Hand mit dem Zauberstab von dem einen Hut weg hinüber zu dem anderen. „So! Und jetzt, meine Herrschaften, befindet sich das rote Tuch unter dem anderen Hut. Das war schwer, Sie haben es selbst gesehen. Aber das Schwerste kommt jetzt.

Ich werde nämlich ... bitte passen Sie gut auf! ... ich werde nämlich das rote Tuch wieder zurückzaubern. Haderakobeldiwobelundnichtsdahalunkehalinkehalankeundwoda ..." Es ging noch weiter, aber ich weiß wieder nicht, wie. Und dann hob er den ersten Hut wieder hoch, das Tuch lag in der Tat wieder an der alten Stelle. „Und das, lieber Kollege, wenn ich so sagen darf, kannst du jetzt auch“, sagte Herr Zackdimzibori und berührte Lukas Kümmel mit dem Zauberstab, daß es sich gleich wie elektrisch anfühlte, und die Vorstellung war vorbei. Kümmel-Lukas konnte gar nicht schnell genug nach Hause kommen. Er probierte das Kunststück noch am gleichen Abend aus. Es funktionierte.

Kleiner Mann in der Zigarilloschachtel

Wer ein Zauberkünstler werden will, muß viel lernen, denn zaubern ist schwer. Bis einer Meister wird, das dauert lange. Aber Lehrling sein, ist nicht so schwer. Am besten ist natürlich, man hat jemanden, der einem dabei hilft, der einem alles sagt und Anleitung gibt, womöglich auch vorsagt, wenn man in der Schule drankommt. Jeder Mensch wünscht sich so einen Zaubergehilfen, das ist klar. Ich muß nicht eigens sagen, daß Lukas Kümmel schon zeit seines Lebens einen kleinen Zaubergehilfen gebraucht hätte. Und dann geschah einmal eine tolle Geschichte: Zu der Johannes-Spektakel-Schule für Knaben gehörte natürlich auch ein Schulhof. Hinten an der Südseite vom Schulhof war ein kleiner Gemüsegarten, der gehörte dem Schulrektor Waluga und seiner Frau. Alle, gute und schlechte Schüler der Johannes-Skektakel-Schule, drückten sich in den Pausen um diesen Gemüsegarten herum. Wenn nämlich die

Frau des Herrn Rektor einen von ihnen abkommandierte zum Unkrautzupfen, Johannisbeerenpflücken oder Steinesammeln, dann drängelten sich alle. Denn wer dafür auserlesen wurde, der stand natürlich ganz anders da in der Schule. Der bekam dann, wenn er ein schlechter Schüler war, in der Rektorstunde statt einer fetten Fünf eine feine Drei. War er ein guter Schüler, dann bekam er möglicherweise ein Lob. Also, hinten bei dem Gemüsegarten versammelten sich in den Pausen fast alle Schüler. So hatte es sich mit der Zeit ergeben, daß in der Zehnuhrpause in der Gartenecke eine große Tauscherei stattfand. Wer etwas eintauschen wollte oder etwas besaß, was er an den Mann bringen wollte, der trug es dorthin. Beispielsweise bekam man für eine afghanische Briefmarke mit Wasserzeichen einen unbeschädigten kleinen Bären (das ist ein Schmetterling). Für dieselbe Marke ohne Wasserzeichen aber nicht einmal einen Hosenknopf. Solche Geschäfte müßten einen doch zum reichen Mann machen. Wenn man gut rechnen konnte. Nehmen wir einmal an, einer hat eine blaue Kakaduschwanzfeder mit roten Streifen. Dafür bekommt er elf lebende Regenwürmer (sie müssen lebend sein, weil sie sonst vertrocknen). Mit den elf Regenwürmern fängt man ungefähr sechs Rotbarsche; fünf Regenwürmer gehen durch Abfressen verloren. Ein Rotbarsch entflieht, bleiben fünf. Drei sind schwach und werden gegessen, aber zwei bleiben am Leben und kommen ins Gartenaquarium. Diese zwei läßt man ein Stück wachsen und tauscht sie ein gegen vier Meter Angelschnur, zwei Haken und ein kleines Stück Leder für eine Schleuder. Dann sammelt man sich selbst etliche Regenwürmer, fängt mit den zwei Haken vielleicht zehn Rotbarsche. Die tauscht man gegen . . . und so geht das immer weiter, bis man ein reicher Mann geworden ist. Also gut! Eines Tages hatte der Lukas Kümmel einen roten Füller übrig (ich meine einen mit roter Tinte, wie ihn nur die Lehrer haben). Er ging in die Tauschecke und sagte laut: „Prima Füller mit roter Tinte zu vertauschen. Wer hat

was?“ Der Hanno Sperling aus der 4 a (von allen nur „Spatzok“ genannt) hatte etwas. „Hier, komm her. Da, in dieser Zigarilloschachtel ist ein kleiner Mann. Paß auf! Horch mal! Hörst du?“ Der Kümmel-Luki legte das Ohr an die Zigarillokiste, und da hörte er den Mann: „ S-s-s taptap s-s-s.“ Das war ja unheimlich, aber kleine Männer gibt es, wie jeder weiß. „Wenn du mal drankommst, der Lehrer fragt dich was, eine Zahl oder einen Buchstaben, und du weißt es nicht, da nimmst du heimlich die Schachtel, hältst sie ans Ohr, und er sagt dir vor. Aber du darfst sie nie, nie aufmachen, sonst ist alles vorbei. Einmal am Tag einen Grashalm hineinschieben, denn kleine Männer fressen Gras!“ Das wäre ein guter Tausch geworden, aber dem Spatzok war der Füller zu wenig. Rote Tinte hin, rote Tinte her – die kann man kaufen, sagte er, und die kostet genausowenig wie schwarze. Die halbe Schule war um die beiden versammelt. Der Kümmel-Luki legte noch zwei Fahrradflicken mit automatischer Gummierung dazu. Das reichte noch nicht, denn ein kleiner Mann ist kostbar. Er versprach dem Spatzok noch ein Taubenei und einen ausgestopften Hirschhornkäfer, und der Tausch galt.

In der nächsten Stunde hatten sie Rechnen. Da fragte der Lehrer: „Elf und eins durch vier?“ Lukas Kümmel kam nicht dran, sondern ein anderer, der Benedikt Knoblauch. Aber probeweise hielt der Luki die Schachtel heimlich ans Ohr, nur mal so zum Ausprobieren: „Brrrllldrrrrriii.“ Das verstand Luki noch nicht, er mußte ja auch erst die Kleinemännersprache erlernen. Als der Benedikt Knoblauch „drei“ sagte, und als das dann stimmte, erinnerte sich der Luki: „Brldrrreiiii“, hatte der kleine Mann gesagt. Das war eine große Sache! Ein Taubenei, ein Hirschhornkäfer und ein Füller mit roter Tinte waren nicht zu viel dafür. Mit so einem kleinen Mann konnte man ja Wunder vollbringen, möglicherweise. „Zwei und drei und acht weniger sechs?“ Schnell das Ohr unauffällig an die Schachtel gelegt: „Sm-smsmsmsmsmsimsinne.“ Siebne, klar! Der Kümmel-Luki meldete sich wie verrückt, kam dran: „Siebene“, und das stimmte! In der Elfuhrpause wurde der Tausch noch einmal mit Handschlag und Schulterbox abgeschlossen, und jetzt galt es für immer und für ewig, und niemand konnte etwas zurücknehmen. Um zwölf war die Schule aus. Zu Hause hätte der Luki seinem kleinen Mann gerne ein Stück Kartoffel hineingeschoben, aber es war zu groß. Er hätte die Schachtel aufmachen müssen, und alles wäre vorbei gewesen. Dafür bekam der kleine Mann heute zwei Grashalme. Luki hätte auch gerne mal mit ihm persönlich gesprochen, von Mann zu Mann, von Mensch zu Mensch, hätte so etliches zu fragen, denn es gab so viel, was wichtig war. Aber es

ging nicht, die Zauberformel war: bloß nicht öffnen! Aber in der Nacht, da konnte er es nicht mehr aushalten. „Im Dunkeln ist es bestimmt nicht so schlimm, denn auch die Filme zum Beispiel darf man nur im Dunkeln entwickeln. Entwickeln von Filmen ist wie Zauberei. Zuerst sind sie leer, dann ist etwas drauf." Also machte er die Schachtel im Dunkeln auf, hörte ein Summen, das sich durch die Luft davonschwang und in der Finsternis verschwand. So, wie eine dicke Hummel fliegt. Und da war alles vorbei.

Telefonieren mit dem Wassermann

Wenn es den Menschen gelingen würde, wenigstens einmal mit so einem Wurzelzwerg oder einem Wassergeist oder Schloßgespenst zu reden, dann wäre vielleicht alles gerettet, der könnte einem alles sagen und erklären. Der Kümmel-Luki hätte gerne mit so einer Geheimperson gesprochen. Einmal standen sie alle in der Nähe vom Bahnhof. Es war heiß, der Zaun roch nach Teer, und die Größeren unter ihnen hielten lange

Reden und erzählten gewaltige Geschichten. Der eine, das war der Bune Flimp, war heute König unter ihnen. Er redete laut und schrie und lachte immer, denn seit zwei Tagen ging er in die Mittelschule. Wer in die Mittelschule geht, weiß mehr, ist doch klar. Außerdem war er Fahrschüler und kam sozusagen in der ganzen Welt herum. Überhaupt war er der Stärkste hier, weil er schon drei Jahre älter war. Er trug jetzt eine Krawatte. Also, der Bune Flimp spielte sich hier auf wie der Präsident von Texas. Auf einmal sagte er:

„Kümmel-Luki, komm mal her, los!“ Der Luki kam heran. Ihm war nicht ganz wohl dabei. „Paß mal auf! Du bist doch schlau“ „Ja“, sagte der Luki. „Du kennst doch den Wassermann, hä?“ „Klar.“ „Der wohnt in der Rawa, weißt du, unter dem Wasser. Jetzt paß auf: Alle Flüsse und Wasserleitungen laufen unter der Erde zusammen, klar?“ „Logisch.“ Und alle Wasserleitungen der Welt und alle Flüsse gehen ins Meer, alles steht miteinander in Verbindung. Verstehst du das?“ „Brauchst du mir gar nicht zu sagen.“ „Also gut! Wir ha-

ben zu Hause einen Wasserschlauch. Der grenzt an die Wasserleitung. Diese grenzt an eine Wasserader, diese grenzt an die Rawa, und dort wohnt wer?“ „Der Wassermann. Wer sonst! Ich bin doch nicht doof.“ „Siehst du, das habe ich gewußt, du bist nicht so doof, wie ich dachte. Also los, jetzt gehn wir zu uns, und da zeig’ ich dir was.“
Sie gingen alle zu Flimpens Hof. Dort hing aus dem Fenster von der Waschküche ein roter Schlauch. „Paß auf! Du nimmst hier den Schlauch, ich gehe hinein in die Zentrale und

stelle die Verbindung her, und dann hörst du den Wassermann, und ihr könnt telefonieren." Lukas Kümmel war sehr aufgeregt, weil so ein Telefonat mit dem Wassermann ... das ist sehr selten. Der Bune Flimp mußte das ja wissen. Aus der Mittelschule. Alle standen um ihn herum. Manche feixten, weil sie das alles nicht glauben wollten. Aber der Luki glaubte es, denn daß es einen Wassermann gab, wußte er genau, und der Flimp aus der Mittelschule hatte es auch gesagt. Er hielt den Schlauch ans Ohr,

und auf einmal hörte er ganz deutlich und laut: „Hallo, hier spricht der Wassermann Quabbelbabbel. Ist da wer?" „Ja i-ich-de-de-de-r Lukas Kümmel." „Los, sag mal was!" „Wa-wo-wo-wi . . ." Mit einmal schoß ein Strahl Wasser aus dem Schlauch, und der Kümmel-Luki wurde klatschnaß. Zum Glück schien die Sonne. Alle lachten. Aber es hätte doch sein können, daß wirklich der Wassermann an der Leitung war. Und dann mußte doch Wasser herauskommen, logisch! Also war er doch Sieger.

Wie man große Ferien macht

Wenn man sich mal so richtig überlegt, wie es auf der Welt zugeht, zum Beispiel mit dem Kalender. Da steht auf einem Blatt: Samstag – schon ist es draußen Samstag! Oder: Montag – dann ist draußen Montag. Bei Mittwoch ist Mittwoch, bei Donnerstag – Donnerstag. Immer stimmt es genau. Lukas Kümmel mußte viel darüber nachdenken.
Denn das war doch ein Geheimnis, dem er da auf die Spur gekommen war. Und dann hatte er eine große Idee: In der Neunuhrpause standen sie

wieder versammelt und hielten Reden. Der Kümmel-Luki wettete für sein Leben gern. Er wettete, daß sein Vater viel stärker sei als der Rektor Waluga, oder daß sein großer Bruder Matrose oder sogar Kapitän wäre, wenn er einen hätte. Wetten? Er wettete über alles mögliche. Einmal hatte er gewettet, im letzten Sommer habe in einem Eimer bei Kümmels zu Hause ein goldener Sperling genistet. Alle wetteten dagegen, aber keiner verlor und keiner gewann, denn um etwas, was im letzten Sommer war, kann man leicht wetten. Und heute war wieder so ein Wettag. „Ich wette mit euch gegen einen großen Häuptlingsschmuck, daß ich, wenn ich will, morgen große Ferien machen kann.“ Hahahah! Da wetteten sie aber alle dagegen, denn das konnte er nie. Und wenn er es konnte, dann war das mehr wert als nur ein großer Häuptlingsschmuck. Zuerst wollten sie ihn verhauen wegen so viel Frechheit. Mit ernsten Sachen soll man nämlich nicht spaßen. Aber dann . . . vielleicht wußte er doch einen Trick! Die Pause ging vorbei. In der nächsten Stunde sah der

Kümmel-Luki so komisch aus, ungefähr wie einer, der gleich einen Kampf gewinnt oder morgen zum Häuptling der Apachen gewählt werden soll.
Als die Schule aus war, packte er langsam seine Bücher zusammen. Das tat er sonst nie. Er war immer der erste beim Nachhausegehen, hatte sonst nicht einmal alles in die Tasche geschoben, die Bleistifte in die Joppe gesteckt und die Hälfte vergessen. Aber heute packte er ganz langsam ein und sah so komisch aus.
Er trödelte und packte wieder aus, packte wieder ein und

war schließlich der letzte in der Klasse. Lehrer Bohnemann ging, Lukas Kümmel war noch da. „Mach die Fenster zu, wenn du gehst“, sagte Bohnemann. Als alle weg waren und es still wurde in der Schule, schlich sich der Kümmel-Luki auf den Zehenspitzen zum Fenster und guckte hinaus, ob auch keiner hereinschaute. Dann schlich er sich immer noch leise – es handelte sich ja um eine geheime Tat – zum Kalender. Er stellte einen Stuhl an die Wand, kletterte hinauf, und dann riß er ein Blatt nach dem anderen ab und stopfte es in die Jackentasche . . . Bis zum 21. Juli, wo nämlich die großen Ferien beginnen. Das hatte er sich so überlegt. Dann schnappte er seine Tasche und rannte nach Hause wie ein Hase, immer am Zaun entlang, denn wo keine Zeugen sind, gibt es auch keine Strafarbeit. „Morgen wird der Bohnemann auf den Kalender schauen“, sagte der Kümmel-Luki zu sich selbst, „und wird sagen: ‚Nanu Kinder, wie schnell doch die Zeit vergeht, heute fangen ja die großen Ferien an. Packt eure Taschen und verschwindet, los, los, schnell!‘“

Aber es kam anders. Bohnemann kam, wollte ein Blatt vom Kalender reißen, hob die Brille, sagte: „Nanu!“ Bis jetzt ging alles planmäßig. Aber dann kam ein Gewitter. Bohnemann wurde rot im Gesicht vor Wut. Er schrie: „Wer war das?“ und: „Sofort melden, der Lümmel!“ Natürlich kam es heraus, daß Lukas Kümmel derjenige war, der dies getan hatte. Die Strafpredigt, die er bekam, will ich hier nicht wiederholen. Daß er eine Stunde nachsitzen mußte, das war noch zu ertragen. Aber dann –

einundvierzigmal hintereinander schreiben: „Wer darf die Blätter vom Kalender reißen? Nur der Herr Lehrer Bohnemann. Sonst niemand auf der Welt“, das war das Schlimmste, denn Schreiben ist schwer. Da aber der erste Teil des Plans geklappt hatte, gab Lukas Kümmel die Sache noch nicht für immer und ewig auf. Er würde es später noch einmal irgendwie versuchen, denn das Kalendergeheimnis war sehr interessant.

Bücher für Leseanfänger

Heinrich Maria Denneborg

Hauptsache ein Kätzchen

Vier Katzengeschichten in Großdruckschrift
mit vielen Bildern von Christine Wilhelm

Peter Kaufhold

Tommy der Schornsteinfegerhund

Ein Hund erzählt seine Lebensgeschichte.
Mit vielen Fotos
Großdruckschrift

Josef Guggenmos

Ich läute den Frühling ein

Elf kurze Geschichten in Schreibschrift
mit vielen Bildern von Eva Johanna Rubin

Gina Ruck-Pauquèt

Tipsy macht den Goldfisch glücklich

und andere Geschichten in Schreibschrift
mit vielen Bildern von Céline Leopold

Georg Bitter Verlag